ANDRÉ BIGUET

LE FEU ET LA CENDRE

— *POÈMES* —

PARIS
GEORGES CRÈS ET Cie
3, PLACE DE LA SORBONNE

MCMXIII

LE FEU ET LA CENDRE

ANDRÉ BIGUET

LE FEU ET LA CENDRE

— *POEMES* —

PARIS
GEORGES CRÈS ET Cie
3, PLACE DE LA SORBONNE

MCMXIII

O DOUCEUR MORTE...

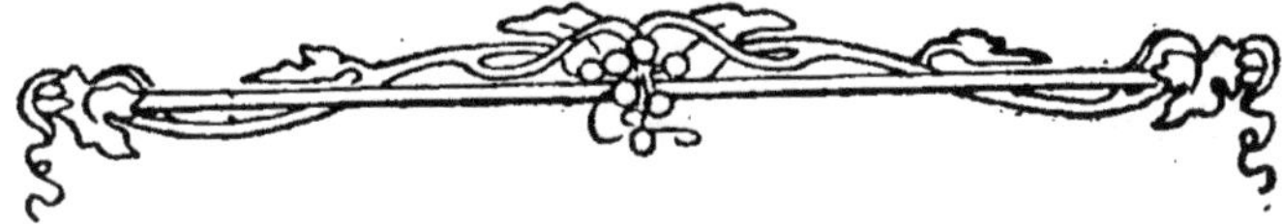

O DOUCEUR MORTE...

O douceur morte de Septembre !... O crépuscule !
Le vent mouillé gémit aux roseaux des étangs
Où le chant triste et doux des crapauds se module,
Et quel automne aussi sanglote en mon printemps !

Le bonheur est ainsi qu'une clarté qui tremble
Et s'efface... Je songe à tel charme aboli !
Les plus beaux souvenirs sont dans l'âme, il me semble,
Comme une étoile d'or dans un miroir terni...

Je n'ai plus de désirs et je n'ai pas de haine !
L'ennui les a voilés de l'uniforme traîne
De sa robe au ton gris, immobile et fané...

Mais je sais qu'en un jour brûlant d'apothéose
Va se déclore ainsi qu'une innombrable rose
Le cœur mystérieux que les dieux m'ont donné !

TROIS POÈMES EN HOMMAGE

POUR GILLETTE

Que tes yeux me soient propices, Gillette,
Si vers toi j'apporte avec les jasmins,
Le mimosa jaune et la violette,
Cette rose pâle autant que tes mains.

Des roses encor et toujours des roses!
Des roses de sang et des roses thé.
L'une va laisser choir sa robe rose,
Et l'autre est d'argent et de chasteté.

Une feuille luit aux doigts gris des branches,
Les pipeaux d'Avril ont chanté, là-bas,
Et c'est pour l'orgueil de ta chambre blanche
Les thyrses légers des premiers lilas.

Dans les vases longs des roses trémières,
Aux cols de cristal la candeur des lis ;
Ne semblent-ils pas de pures lumières
Devant les cœurs noirs de tes chers iris ?

Et voici tourner en danses ailées,
Où le bel été rit au gai printemps,
L'innombrable odeur de ces fleurs mêlées
Qui, comme tes yeux, sont couleur du temps.

(*L'Inconstante* de Gérard d'Houville.)

POUR LAURETTE

Laurette, ce beau soir ressemble à ta douleur !
Il prête un lent décor de songe à ta pâleur
Et déclôt tendrement tes paupières blessées...
Pour toi, l'automne a fait de ses feuilles froissées
Un tapis bruissant de soie humide et d'or
Qui frissonne et s'éteint dans l'ombre où tout s'endort !
Peu à peu les rumeurs lointaines se sont tues,
Et tu lèves la coupe ivre de tes mains nues

Comme pour recueillir en elle les parfums
Des jardins expirants et des bonheurs défunts...
Le vent, qui te chérit comme une sœur trop tendre,
Garde en lui tous les pleurs que tes yeux vont répandre,
Et tes regrets, et tes soupirs, et tes sanglots,
Et les mêle à tous ceux des feuilles et des eaux,
Pour en faire un concert où meurent tant de fièvres
Que des amants boiront des larmes sur des lèvres !

(*Le Temps d'Aimer* de GÉRARD D'HOUVILLE.)

A MADAME DE REGNIER

Votre tendre royaume est un jardin de songe
Mélancolique, ainsi que l'eût rêvé Watteau...
Rires légers, sanglots voilés sur le tréteau
Résonnent, et l'odeur de l'amour se prolonge...

Sur de vieux airs, parmi le féerique décor,
Tous vos souples héros dansent, et sous le masque
Luit un visage clair, ardent, triste ou fantasque,
Inconstant ou marqué par le funèbre sort !

Laurette pleure sur Raoul... Voici l'Esclave...
Voici Gillette... Ils sont tous là, charmants et graves...
Il s'effeuille près d'eux des bouquets éclatants !

Et la Gloire, écoutant mourir dans leurs voix frêles
La douceur du cruel Amour, pensive, étend
Sur votre jeune front l'ombre d'or de ses ailes...

HEURES D'ANGLETERRE

When some melodious sorrow spells my eyes.

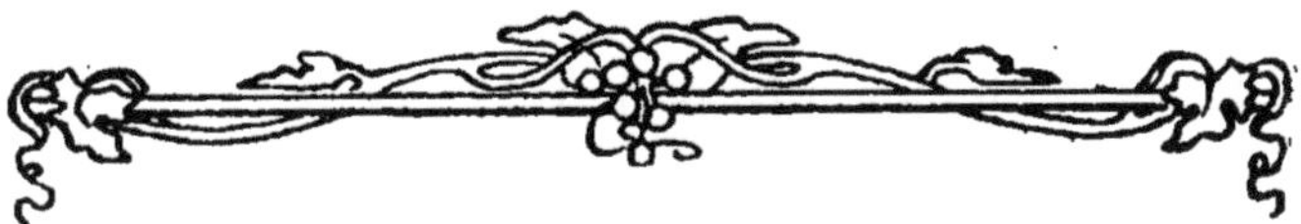

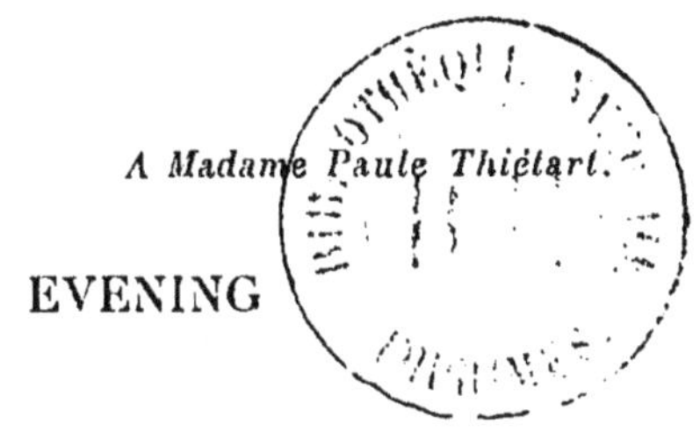

A Madame Paule Thiétart.

EVENING

L'immobile douceur du soir descend sur moi,
Solitaire, enivré d'un inutile émoi,
Et qui songe à des soirs pareils, à des mains nues
Sur mon front, à des voix plus jamais entendues...
J'écoute s'effondrer les charbons rougeoyants :
Une flamme revit, claire, dans l'eau d'argent,
Dans le miroir poli, puis s'éteint... Cette flamme,
N'est-ce point le désir ardent et doux d'une âme,
Désir brûlant et vain qui s'élève et qui meurt
Dans le silence et dans la nuit, dans la torpeur...

Une cloche d'église étroite et pauvre sonne,
Et de ses battements trop aigus, monotones,
Mesure ces instants de repos et d'ennui...
La lueur des flambeaux pâlit... Bientôt la nuit
Couvrira les objets que je devine encore,
Et rien ne sera plus que l'ombre qui décore
De ses voiles obscurs la chambre d'où j'entends
Rebondir sur les toits la pluie, où, pour longtemps
Regardant sans les voir le foyer ou la porte,
Je vais rêver d'amours défunts, de roses mortes...

Princes Park, Liverpool.

A J. Thiétart.

NIGHT IN THE PARK

Silence de la ville et des parcs dans la nuit !
La brume est un manteau de mystère et d'ennui
Où s'étouffe le bruit sourd des flots sur la grève...
Une fumée étroite et légère s'élève
D'un toit rouge et se perd parmi cet air épais...
Nulle rumeur, nul cri ne troublent cette paix !
Parfois, dans le lointain, un instant apparue,
Une ombre passe et meurt au tournant de la rue...

Dans le parc immobile et régulier, le vent
Se tait, s'endort, et triste, inlassable, émouvant,
Comme s'il consacrait ses larmes au silence,
Quelque jet d'eau profond se lamente et s'élance !

Sefton Park, Liverpool.

L'ÉGLISE

Dans le silence provincial, l'étroite église
Qu'entoure un doux jardin fleuri du mois de mai
Dresse un mince clocher que le soir imprécise.
L'humble chapelle est comme un coffret parfumé
D'encens, de lis, de roses blanches, de prières,
Comme un frais reposoir entre ses murs de lierre...
L'enfant Jésus, la Vierge avec les sept Douleurs,
Dans leurs robes de plâtre aux naïves couleurs,

Sourient aux Saints, à Jean, à Pierre, à Madeleine.
La nuit descend. Il tombe un pétale fané,
Et j'écoute chanter en moi, pure et lointaine,
La cloche du petit village où je suis né.

Frome, Somerset.

Un jet d'eau pleure dans la brume
Avec la voix des autrefois,
Et dans sa plainte se résument
Tous les sanglots des autres voix.

Ah ! s'endormir... Car rien n'importe
Que le sommeil, lorsque l'ennui
Est debout et veille à la porte
Ouverte et sombre de la nuit.

Le jet d'eau pleure dans la brume
Comme s'il pleurait sur mon cœur
Que le soir descendu consume
D'une inutile et triste ardeur.

Sefton Park, Liverpool.

O paysage désolé
De faubourg, sous un ciel livide.
Murs d'usine gris et pelés
Bordant les perspectives vides.

Un arbre tend hors d'une cour
Ses grands bras que le vent secoue,
Et l'air a le goût âpre et lourd
De brouillard, de suie et de boue.

Un silence tragique et noir
Pèse sur l'éternelle rue
Où me hante le désespoir
D'une tendresse disparue.

Seacombe, Liverpool.

AU BORD DU LAC NOCTURNE...

Le soir mystérieux tend des ailes de rêve,
Et dans le parc obscur nul autre bruit s'élève
Que les sanglots du vent qui s'alanguit et meurt...
Nous serons seuls. Entrons ! Oublions la rumeur
De la vie et laissons nos âmes se répandre
Ainsi qu'un songe ou qu'un parfum farouche et tendre
Parmi le sortilège enchanté de la nuit...
La lune comme un masque argenté glisse et luit
A la fois dans le ciel et sur le lac, et baigne
De sa pâle clarté votre visage où saigne

La bouche humide et rouge où rêve mon désir...
Mais voici que me guette à nouveau ce plaisir
Amer, et cet orgueil où se mêlent des larmes,
De ressaisir mon cœur trop vite de vos armes,
De sentir que jamais vous ne serez pour moi
Qu'un doux motif où se complut mon tendre émoi,
Et je vous vois déjà telle dans ma mémoire
Que ce grand cygne blanc qui glissait sur l'eau noire...

Sefton Park, Liverpool.

A Alfred Gobert.

Le vent souffle... Je rêve, et vois au ciel hanté
Les nuages passer en un vol tourmenté,
Et couvrir le soleil saignant son agonie
D'une aile noire... Il monte une angoisse infinie
De la mer qui s'émeut des longs râles du vent...
Elle se dresse vers cet amant décevant,
Qui ne peut apaiser son cœur strident et sombre,
Et va toujours plus loin, dans la nuit et dans l'ombre,

Chercher d'autres sanglots à mêler à sa voix.
Mais il n'atteint jamais son désir, et ses doigts
Tordent les arbres nus sur les routes désertes.
Il passe en arrachant le sable aux dunes vertes,
Et l'entraîne après lui dans son souffle glacé !
Il rugit... Le pétrel s'abandonne, lassé,
Et son cri désolé se mêle aux bruits funèbres
Du vent échevelé volant dans les ténèbres
Où le phare parfois sème ses rayons blancs
Qui montrent, se hâtant vers le port, et tremblants,
Des navires courbés dont hurle la sirène...
... Et je rêve qu'en va descendre quelque reine,
Dont je reconnaîtrai le visage inouï
Pour l'avoir vu déjà dans un songe ébloui,
Qui marchera vers moi comme vers une flamme
En la nuit, car mes yeux parleront à son âme !
Je lui dirai : « C'est vous ! Je sens mon mal cesser !
J'étais rempli d'angoisse et de désir, blessé,
Et mon cœur déchirait ma poitrine dans l'ombre !
C'est vous ! Je vous attends depuis des jours sans nombre !

Vous, mon miroir brûlant, vous, ma soif, ma douceur,
Vous, lointaine et si tendre, ardente et pure, ô sœur
Que j'ai choisie et qui m'a choisi dans la foule
Qui passe devant nous et lentement s'écoule... »
Hélas! On ne s'est pas arrêté devant moi!
On n'a pas deviné mon merveilleux émoi!
Elle n'est pas venue à travers cet orage!
C'est en vain que je tends dans la nuit mon visage,
Mes doigts. Elle n'a pas traversé mon chemin!
Hélas! comme aujourd'hui passera donc demain
Dans l'angoisse et le doute et l'inutile rêve,
Parmi le vent amer qui hurle sur la grève,
Et pleure dans la ville où je mène mes pas
Pour rentrer au logis où l'on ne m'attend pas...

Irish Sea, Liverpool.

TEIGNMOUTH

Torpeur. La plage est vide. On respire l'odeur
Nostalgique de l'eau marine. Quelle fleur
Eut ce parfum que hante encor le vent des Iles,
Et que les matelots que chaque soir exile
Ont rythmé sur des airs bizarres de là-bas,
Des airs tristes qu'il faut chanter presque tout bas,
Et qu'écoute toujours dans l'ombre, impérissable,
Le fantôme de Keats allongé sur le sable.

A Henriette Sauret.

LA SIRÈNE

Viens vers moi ! Le jour fuit aux doigts tremblants du soir !
Je suis le rêve clair qui hante ton cœur sombre,
Je suis ton dur tourment et ton riant espoir :
Viens m'étreindre parmi la solitude et l'ombre !

Viens vers moi, car le lit est profond où je dors,
Où je verse mes lourds baisers, splendide et nue,
Sûre de la beauté fatale de mon corps,
Lilial délire éclos dans la nuit descendue.

Viens vers moi dont la voix sur les ailes du vent
T'arrive comme un chant triste, une plainte pure,
Et pour atteindre enfin ton désir émouvant,
Marche vers les flots d'or roux de ma chevelure !

Viens vers moi qui saurai caresser ton cœur las
Des réveils désolés dans les matins moroses !
Ne vois-tu pas jaillir, hors des vagues, là-bas,
Mes beaux bras et mes seins comme un miracle rose !

Viens vers moi qui rassemble et l'Amour et la Mort !
Quitte sans vain regret la vie âpre et la grève
Pour couronner enfin ton espoir et ton sort
Dans mon étreinte rouge et radieuse et brève...

Irish Sea, Hoylake.

NOCTURNE

Les iris violets, les iris sombres,
Grisés d'amour, ont ouvert leurs cœurs noirs
Au souffle défaillant des fleurs du soir,
Et leurs parfums mêlés dansent dans l'ombre...

Ils vont tournant dans le parc et sur l'eau,
Et font trembler sur son socle de marbre
La vierge qui riait, parmi les arbres,
A cette lune triste en son halo...

Et les grands lis profonds, les lourdes roses,
Et l'orchidée étrange où l'effroi dort,
Les fleurs d'argent, les fleurs de pourpre et d'or,
Ne sont qu'une âme éperdument déclose !

Une âme mauve et tendre et qui s'émeut
De sa chanson sans voix, et dont la danse
Qu'un rossignol accompagne en cadence,
S'enlace aux reflets roux dans l'air trop bleu,

Aux reflets roux qui vont entre les branches
Jouer sur l'herbe verte avec des pleurs,
Dont sont jaloux les rameaux et les fleurs
Qui s'effeuillaient d'une amour rose et blanche...

Frome, Somerset.

LE JARDIN

La nuit, sur le chemin blanc de lune, dessine
La maison endormie au milieu des glycines.
Le cristal du silence immobile a l'odeur
Des roses dont le soir exténua l'ardeur,
Et le cadran du mur marque une heure illusoire.
La ville, au loin, s'apaise en l'ombre bleue et noire.
Les étoiles, fanaux du vaisseau de la nuit,
Tremblent... Dans le jardin étroit bordé de buis,
J'attends avec un cœur angoissé la venue
D'un pas mystérieux dans la verte avenue,

Car la fleur du silence est lourde dans mes mains,
Et j'espère, sachant que mon espoir est vain,
Un regard reflétant dans son eau solitaire
La nuit de juin qui meurt au jardin d'Angleterre.

Frome, Somerset.

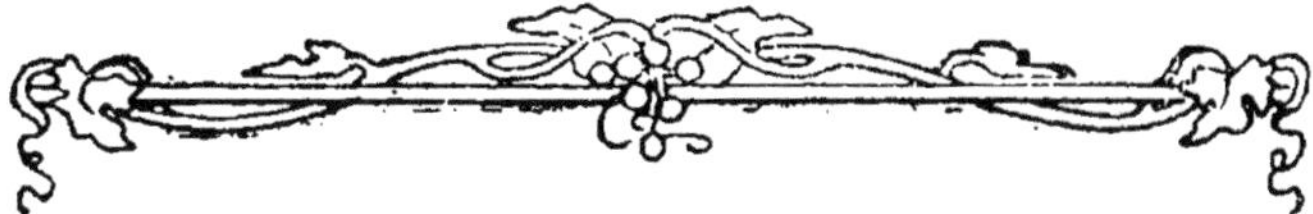

A Abel Gance.

VIVIANE DANS LA FORÊT DE BROCÉLIANDE

« *I have made his glory mine.* »
Vivien. Idyls of the king.

Lord Tennysson.

La forêt s'embrasa, là-bas, vers le lointain,
Et les bêtes fuyaient. Mais Viviane, en démence,
Entremêlait ses pas dans une étrange danse
Autour du chêne énorme où reposait Merlin !

Elle cria, farouche, ivre de sa victoire :
« Son pouvoir dont il meurt la victime en ce bois,
Chevaliers de la Table Ronde, est dans mes doigts,
Et baigne mon visage et mon corps de sa gloire !

Car c'est vous qui l'avez vaincu, vous, mes cheveux,
Qui m'êtes un manteau vivant d'or fauve et pâle,
Et vous, mes larges yeux comme une double opale,
Et vous, ma bouche rouge et ses baisers nerveux !

Et c'est vous, sous les plis flottants de la tunique,
Mon corps souple et léger, si frais et si brûlant,
Érigé tel un vase impérissable et blanc,
Où mon visage luit comme une fleur unique !

C'est vous, c'est vous, ma voix plus douce que le miel,
Si tendre que devant les pleurs qu'elle refrène,
On croit à mon amour en devinant ma haine,
Et c'est vous, mes regards où l'on veut voir le ciel !

O craignez-moi, tous ceux qui m'avez rejetée,
Et craignez même mes caresses, ma douceur,
Car je possède enfin, pour venger mon honneur,
Le charme dont mourra votre âme épouvantée... »

Elle criait ainsi dans son funèbre espoir,
Et prête de s'enfuir en la nuit et l'orage,
Elle jetait encore à Merlin cet outrage :
« Insensé » dont l'écho sonna dans le bois noir,

Et vint la couronner tandis qu'en son délire,
Sur l'eau d'un lac obscur et troublé dont l'éclair
Illuminait soudain le miroir sombre et vert,
Viviane agenouillée adorait son sourire.

Frome, Somerset.

« *Ils ne savent pas ce que j'ai dans le cœur.* »

Comtesse Mathieu de Noailles.

Oh! pouvoir quelque jour dire toute son âme!
Éblouir les regards de sa vivante flamme,
Et livrer dans son chant si triste et si profond
Tant d'amour qu'il évoque un peu le bruit que font
Les flots pressés mourant sur les immenses grèves...
Laisser s'enfuir le vol éperdu de ses rêves,
Sous le ciel enflammé, comme un grand oiseau d'or
Qui s'élance et qui monte et va plus haut encor,

Plus haut toujours, et vers les gloires éternelles,
Vers le rouge baiser du soleil sur ses ailes,
Vers la lumière qui l'enivre et fait de lui
La flamme qui ne peut se consumer, qui luit
Sur son trône d'azur profond fleuri d'étoiles
Où l'attendent des dieux anciens, et sous ses voiles
L'héroïne promise à son espoir fervent...
Répandre sa douceur trop tendre dans le vent,
Comme on verse un parfum sur une chevelure,
Son cœur qui sonne au lieu de battre et la brûlure
De ses yeux, la pâleur de son front, pour qu'un soir,
Devant ce flot qui va vers elle, rouge et noir,
Avec un cri d'angoisse et d'extase, une femme
Frissonne de sentir battre une aile, son âme...

Frome, Somerset.

LA FORÊT

A Roland Manuel.

LA FORET

La forêt a le bruit de la mer...
Elle chante
l'extase de la nuit d'été,
et la douceur du vent dans sa verte chevelure...
Frisson des feuilles remuées
sur les arbres dressés vers le ciel comme un cri,
comme un grand cri d'amour,
vous êtes un poème éternel et vivant !
Comme d'immenses lyres
que d'invisibles mains caressent,
vous chantez...
Vous chantez l'admirable et somptueux délire
de vivre,
d'avoir vos racines au cœur de la terre

pour en puiser la sève ardente et neuve,
et de vous tendre vers la lumière,
vers le brûlant baiser du soleil,
ou d'attendre, dans les nuits lunaires,
les danses que mène Pan et sa troupe sylvestre...
.... Le frisson des feuilles se précise,
monte comme une tourmente,
et voici que les mille voix se taisent,
et que c'est le silence, le merveilleux silence...
On entend seulement,
lointainement,
le clair bruit inégal qu'un crapaud semble faire
sur une flûte de cristal...
... A nouveau l'orchestre immense déferle,
et j'entends ce que chante la forêt...
Elle dit :
La vie est belle...
Il est tant de clartés, de lumières !
Les ténèbres sont fraîches après le jour brûlant,
et la gloire du ciel est neuve après l'orage !

Si le vent formidable tord nos branches dans ses doigts,
calme des nuits d'été, quelle est votre langueur !
Nos feuilles sont des mains ouvertes,
tendues vers le soleil et vers la joie...
Quand la cendre des jours parfois les a ternies,
la pluie vient, la douce pluie,
qui les refait si belles et si vertes
ainsi qu'un cœur fervent où tombèrent des larmes...
Ah ! chanter ! chanter ! chanter !
chanter pour le ciel clair,
et pour la douce lune familière
qui nous aime et sourit,
et se plaît à jouer avec nos bleus rameaux...
chanter pour son reflet dans l'eau,
comme une femme chante et rit à son miroir,
en devenant plus belle encore d'être belle...
chanter pour que l'odeur ardente de la terre
passe comme un baiser parmi nos chevelures !
Être ivre, n'être plus qu'un cœur !
chanter comme on respire,

parce que c'est l'aigre printemps,
ou la brûlante ardeur de l'été,
ou l'automne qui défaille de sa gloire dorée
quand nos feuilles s'en vont, teintées d'or et de sang,
en tournoyant dans le vent triste de septembre,
s'amonceler et pourrir sur le sol,
ou dans les vieux étangs dont l'eau est verte ou noire...
Chanter dans l'âpre bise de l'hiver,
avec nos grands bras nus érigés vers le ciel,
ou quand la neige
nous revêt d'un manteau ineffablement blanc,
blanc ainsi que la robe nuptiale des épousées,
car en nos rudes corps étirés
s'émeut déjà l'espoir des frondaisons prochaines....
Chanter parce qu'on est un bel instant du monde,
et que des dieux anciens dorment sous notre écorce...
chanter !

Lyons-la-Forêt.

AU GRÉ DES RÊVES ET DES JOURS

Le printemps et l'été confondus en l'automne.

SAINT-AMANT.

CHRYSANTHÈMES

Il entre des regards d'étoile et du soir bleu
Dans la chambre où le grand silence, peu à peu,
S'épanouit parmi d'étranges chrysanthèmes
Aux pétales rouillés, blonds, violets ou blêmes...
Vous rêvez, un peu triste et lasse. Vais-je oser ?
J'ai peur de vous, peur de vos yeux ! Votre visage
Luit doucement ; des fleurs sont à votre corsage.
Vos lèvres, mon amour, s'offrent à quel baiser ?
Je prends vos doigts : ils sont doux et frais à ma bouche,
Doux comme des violettes ou des iris,

Doux comme la blancheur froide des lis farouches...
Mais votre cœur revit les songes de jadis...
Sur votre main il vient de tomber une larme !
Ne bougez pas ! ce n'était qu'une simple larme !
Déjà je vous souris... Sur vos cheveux défaits,
Laissez-moi défeuiller, fleur à fleur, ces bouquets,
Sans un mot... Dans le clair de lune, les pétales
Qui jonchent votre robe étroite vous font pâle,
Et l'on croirait un vol de papillons sur vous...
Restez ici que je sanglote à vos genoux,
Car mon amour est dans chacune de ces ailes,
Et quand vous partirez vous prendrez avec elles,
Puisque mon sort ressemble à leur fragile encens
Un cœur mélancolique et tendre et qui consent...

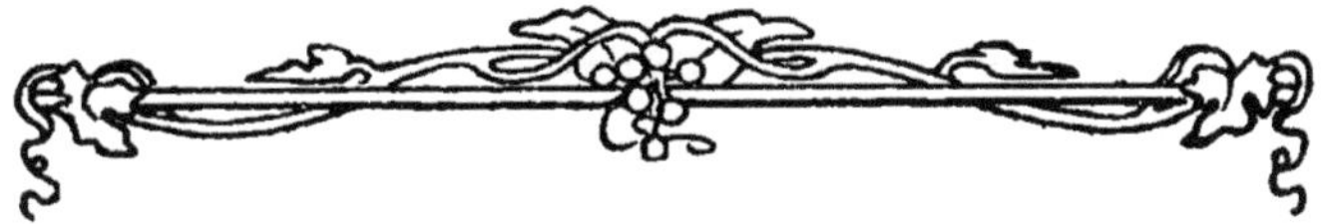

REMEMBRANCES

Les chères douceurs abolies,
Les rêves morts d'être trop beaux,
Comme de tristes Ophélies,
S'en vont glissant au fil des eaux.

Pures gloires que l'on oublie,
Et dont la pourpre est en lambeaux,
Espoirs, désirs, mélancolies,
Pleurez aux flûtes de roseaux...

Dans le soir bleu qui se dérobe
Passent d'obscurs frissons de robes,
Dont mon cœur s'éblouit soudain...

Clartés parmi le passé sombre,
Odeur divine d'un jardin
Dont on ne peut cueillir que l'ombre !

Une ouverture de Wéber
Se déroule tandis qu'aux lèvres,
Je garde le goût de ta chair,
Et la brûlure de ta fièvre !

Ah ! le beau souvenir ardent !
La chaude ivresse de bataille !
Mon baiser a touché tes dents,
Sur mon bras a plié ta taille !

Rien de tout cela n'est défunt :
Je respire encore ton parfum,
Et je ferme les yeux d'extase !

L'orchestre pleure avec emphase,
Et je te revois quand tout bas,
Tu criais : « Va-t'en » dans mes bras !

A Pierre Bertin.

LA FONTAINE ENCHANTÉE

De jeunes femmes, une à une,
A la fontaine au cristal noir,
Ont penché, pâles sous la lune,
Leur visage vers ce miroir.

Elles ont dit toutes : « Fontaine,
Mon bien-aimé s'en est allé !
Fais qu'apparaisse en ton eau vaine
Près du mien son reflet voilé ! »

Et sur l'eau que le vent dérange,
Sous les rayons de lune bleus,
A souri le profil étrange
D'un bien-aimé mystérieux...

Alors, sur le miroir de songe
Courbant leurs visages déments,
Dans le grand désir qui les ronge
Elles ont baisé leurs amants.

De jeunes femmes, une à une,
Dans la fontaine au cristal noir
Sont mortes d'avoir sous la lune,
Étreint un rêve sans espoir...

A MADAME ANDRÉE MÉGARD

*Après une représentation d'*Anna Karenine.

Je t'offre avec les cœurs que tu blessas, Mégard,
Les songes que tu fis fleurir, ainsi qu'Hélène
Faisait au souffle pur d'une amoureuse haleine,
Vers elle s'élancer les chants et les regards...

Car nous avons vécu ta joie et tes alarmes!
Sur la salle planait quelque chose d'ailé,
Lorsque tu répandais ton amour désolé,
Et nos cœurs avec toi pleuraient toutes tes larmes,

Avec toi, tour à tour l'esclave et le héros,
Chancelante, éblouie et sombre, torturée,
Portant ton double amour comme un double flambeau !

Et livrant ta douceur et ta plainte sacrée,
A la fois Andromaque ou Juliette enivrée,
Ta voix était un chant que rythmaient des sanglots...

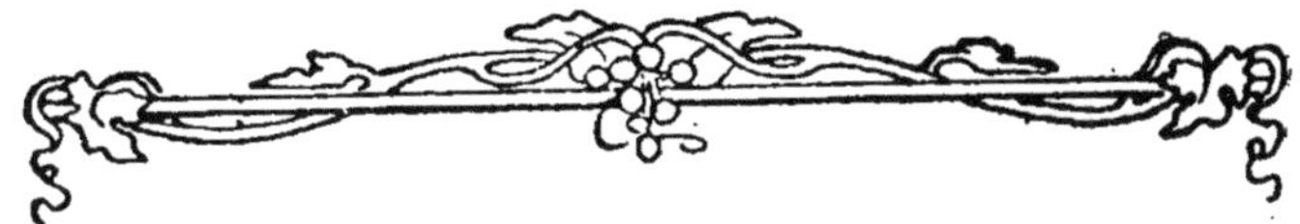

A Mademoiselle Ventura.

GREY

Les ombres pâles des statues
Éternisent un geste blanc
Dans le crépuscule tremblant
Où frissonnent leurs gorges nues.

Car elles ont peur de l'hiver
Et des longues nuits monotones
Où nul autre bruit ne détone
Que le vent dans le parc désert.

Immobiles parmi les arbres,
Elles appellent en pleurant
Le baiser secret du printemps
Sur leurs froides bouches de marbre...

Jardin du Luxembourg.

A Marcel Ormoy.

SHÉHÉRAZADE

Sous la lune qui s'anémie
En un soir de romance fade,
J'évoque sur une eau ternie
Le profil de Shéhérazade.

Un mirage bleu s'ingénie
Au marbre blanc des balustrades,
Et pour mon rêve qui se nie
Un jet d'eau soupire une aubade...

Mais le désir sombre exténue
La sultane lascive et nue
Parmi ses lourds joyaux barbares,

Et sa bouche étroite module
On ne sait quel refrain bizarre
Où se berce le crépuscule...

SALOMÉ

La robe de brocart qui se casse et s'éploie
Exagère son charme à jamais enfantin,
Mais son regard est dur et son cou mince ploie
Sous la charge que pèse un farouche destin.

Fille d'Hérodias, princesse de Judée,
Salomé danse, et son lent sourire ingénu
Que l'extase éternise à sa bouche fardée
A fouetté le tétrarque épris de son corps nu.

Une fauve senteur monte de ses aisselles,
Et l'on voit luire entre ses cheveux qui ruissellent
La double fleur éclose en la gloire des seins.

Mais le vieux roi, rempli d'épouvante et morose,
N'ayant pu refuser le chef coupé du saint,
Voit les lis se ternir et s'effeuiller les roses !

LE FLEUVE

Puisque la nuit t'enivre aux bords du fleuve noir
Quand les tristes bouleaux s'effeuillent sur les rives,
Penche-toi! Tu verras dans le sombre miroir,
Le rêve qui s'efface et l'amour qui s'avive!

Car depuis que le Dieu pour nous banda son arc,
Ce n'est plus qu'en tes yeux que le vol des chimères
Se cabre, et je devine en les détours du parc
La fuite et les sanglots des ombres éphémères.

Et je laisse en mon cœur lentement s'abolir
Et mes songes passés et mes tendresses sûres
Pour ne plus rien garder qui ne soit le désir
De ta bouche où le fard simule une blessure...

L'angoisse de la solitude
T'enivrant d'inutile fièvre
A figuré dessus tes lèvres
Une mortelle lassitude.

Les souvenirs bleus qui te rongent
Dans cette nuit froide et si lasse
Te font refuser que s'efface
La menteuse extase des songes...

Mais ta tristesse revenue,
Niant le désir qui les casque,
Ne reconnaît plus sous leur masque
L'impure amante ou l'ingénue...

LE CYGNE

Sur le fleuve éternel où ta beauté s'accuse,
Veux-tu venir? La barque est à demi pourrie,
Mais on peut lire encor sur la planche équarrie
Le nom clair et divin qu'elle porte : « Aréthuse. »

Nous irons par le parc solitaire et vétuste
Et nous voyant passer près des lentes allées,
Les amants immortels, quittant leurs mausolées,
Tendront des bras de marbre où le lierre s'incruste.

Leur geste guidera doucement notre barque,
Cependant qu'écoutant de lointaines aubades,
La lune bleuira les pâles balustrades.

Mais tes yeux agrandis sous le sourcil qui s'arque
M'ont montré le cadavre immobile d'un cygne
Niant le pur miroir où notre amour s'assigne...

A Mademoiselle Marguerite Papin.

GIVRE

Décembre ! Le vent froid inscrit aux vitres closes
Qui reflètent pour toi l'heure et le souvenir
La tige nostalgique et la corolle éclose
D'une fleur que tu veux de ton souffle ternir.

Car la rose jaillie au blanc jardin du givre,
Te rappelle, gravé dans le miroir lointain
De ton songe, un regard que le désir enivre
Et maintenant par l'ombre impitoyable éteint...

Et tu veux que soit morte aussi toute lumière,
Les pivoines de juin ou les roses trémières
Qui jadis éclairaient ton logis déserté...

Mais l'extase éblouit malgré toi ton visage,
Et l'hiver à nouveau dessine, sûr présage,
La fleur mystérieuse où se souvient l'été...

LE MIROIR

Je te donne, ce soir où ton ardeur s'éplore,
En son cadre charmant dont les ors sont éteints,
Le miroir où survit le reflet incertain
Du sourire d'Hélène ou du regard de Laure.

Mais tu cherches en vain quel secret peut enclore
Son eau froide, où penchant ton visage enfantin,
Tu t'apparais ainsi que tel portrait lointain
D'une qui s'y mira sous les habits de Flore.

Et soumise à la mort comme elles l'ont été,
Tu trembles d'avoir vu s'évanouir l'Été,
Et l'Automne crouler, jour après jour, des arbres...

Car, seul feuillage encor qui leurre ton espoir,
S'unit, près d'un Éros dont se salit le marbre,
Le lierre toujours vert au cyprès toujours noir.

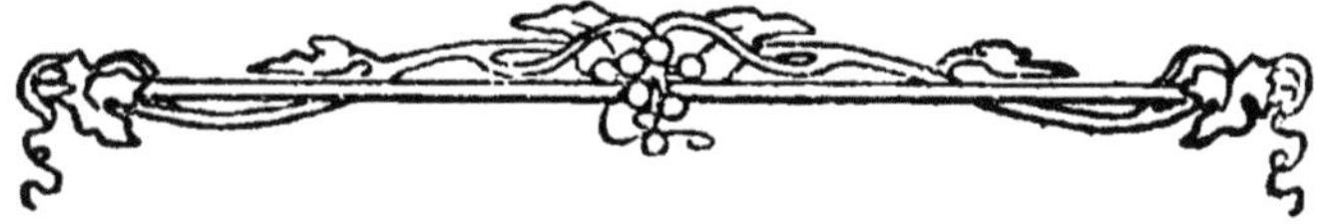

L'ADIEU

Séparons-nous, ô vous que je n'ai pas aimée,
Mais dont la seule image a fleuri, cet hiver,
Mon âme par le froid et l'ennui désarmée,
Et qui pleurait des maux qu'elle n'a point soufferts.

Vous qui fûtes la lampe à demi consumée,
Et cette blanche nef en fuite sur la mer,
Voici que le printemps est proche, et qu'embaumée,
Chaque heure s'éblouit parmi le jardin clair.

L'Été va couronner l'orgueil des longues tiges,
Et déjà s'abolit, sous l'oublieux vertige,
Cette eau calme des yeux où nul désir ne luit.

Mais Novembre, pleurant des gloires en allées,
Ramènera peut-être, au tournant de l'allée,
L'amant près du feuillage amer et doux du buis.

A Julien Ochsé.

SOIR DE PRINTEMPS

O souvenirs ! Le soir indécis de printemps
Tombait. Dans le parc vide et la longue avenue,
L'odeur froide de l'eau dormante en les étangs
Évoquait le baiser d'une dryade nue.

Les roses des massifs s'entr'ouvraient. Par instants
Une fleur s'effeuillait, entre tes mains tenue.
Le vent tiède semblait un orchestre distant
Où, tout bas, se mêlait ta détresse inconnue.

Quel tourment solitaire agitait cette nuit
Ton triste et faible cœur ! Quel présage avait lui
Qui ravivait soudain l'invisible blessure,

Tandis que sur le banc par la mousse verdi,
Je regardais les pleurs sourdre en tes yeux ternis,
Et la lune jaunir ta lourde chevelure...

FAMPOUX

Une halte au milieu des champs, au crépuscule.
Le train s'arrête, un train de banlieue, et l'on voit
Derrière le jardin charmant et ridicule
Du chef de gare, un petit village d'Artois
Avec ses arbres, son clocher, ses maisons basses
Dont la mousse a verdi le chaume. L'on entend
Un attelage au loin sur la route qui passe,
Et le cri des oiseaux au-dessus des étangs...
Et c'est Fampoux, c'est le hameau qu'aima Verlaine.
O doux Maître, le soir est plein de vous encor,

Et l'on sent, dans l'air bleu, flotter comme une haleine
Votre rêve jadis épris de ce décor.
Le vent a dénoué la chevelure d'ambre
Ou de soleil que porte un arbre après l'Été,
Et pur hommage au lac qui fut par vous hanté,
Semble effeuiller sur l'eau les roses de Septembre...
Et le soir s'agenouille et reprend à mi-voix
La chanson à jamais nostalgique, où parfois,
Dans le brusque sanglot qu'une pudeur refrène,
Se brise encor le cœur automnal de Verlaine.

A René Boylesve.

AUTOMNE

Voici s'évanouir les flûtes de l'automne !
Il n'est plus une rose en le jardin mouillé,
Et tu frémis d'entendre aux arbres dépouillés
Un cor mélancolique et profond qui détone.

Sois calme ! Apaise-toi, pauvre cœur qui s'étonne
De son mal par le soir si triste réveillé...
Fuyons ! Que la clef grince en le pêne rouillé,
Et franchissons le seuil que le lierre festonne !

Nous n'allumerons pas les lampes... Dans la nuit
Où presque tu chéris notre immobile ennui,
Je te dirai tout bas le tourment que tu portes...

Et nous pourrons pleurer l'un sur l'autre, hantés
Par le même regret du verdoyant été,
Et de notre amour mort avec les feuilles mortes?

LA DÉLIVRANCE

L'orgueil de ton visage et la feinte douceur
De tes yeux n'ont offert qu'un fruit brûlant et vide
A ma bouche qui but aux sources de fraîcheur
D'une autre voix encor plus pure et plus fluide.

Le sang clair d'un rubis étoile la blancheur
Nostalgique des mains que tu lèves, avide
De retenir serré contre ton faible cœur
Le jour qui fut pourtant épuisant et torride.

Car le soir, inutile à ta jeune beauté,
Ne te présage pas de neuve volupté,
Et l'ombre en tournoyant pèse sur ta poitrine.

Mais moi, que délivra le charme de la nuit,
J'écoute, par delà ta voix qui me poursuit,
Le ruisselant écho de la vague marine.

A Henri de Régnier.

LE RETOUR

Prends l'allée où l'odeur encore se prolonge
Des roses de l'Été,
Et fais fleurir la chair vivante de ton songe
Sur le seuil déserté.

Va, tu peux à loisir franchir toutes les portes,
Ou descendre au jardin.
Les feuilles et les fleurs sont également mortes
Et les miroirs éteints.

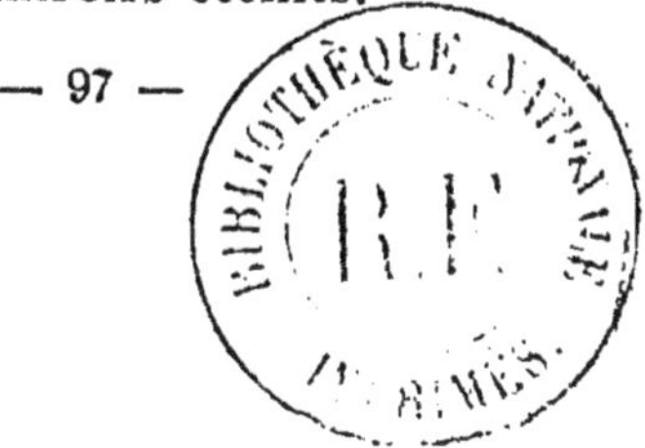

Mais ne réveille pas, à travers les années,
Le nostalgique écho
D'une voix qui s'est tue ou d'une âme obstinée,
Ni l'éclat des flambeaux.

Car le temps a marqué de sa griffe farouche
Ton cœur et ton désir,
Et l'ombre et le silence offrent seuls à ta bouche
Le goût du souvenir.

L'ACCUEIL

Je dépose, ce soir, ces roses sur ton seuil,
Afin qu'à ton retour tardif elles présagent,
Après la lassitude et l'ennui du voyage,
L'odorant souvenir et le riant accueil.

Vois. La maison est claire, et cependant le deuil
Des choses est profond. L'absence sur la page
Ouverte des miroirs efface le visage
Qui jadis y penchait son jeune et neuf orgueil.

Mais ma main a pris soin que tout semble t'attendre,
Et me voici moi-même, impatiente et tendre,
Et qui t'ouvre les bras, ô Maître revenu.

Et je partagerai, si tu le veux, ta couche
Et tu retrouveras, sur mon corps blanc et nu,
Le parfum demeuré des baisers de ta bouche.

LE PORTRAIT

En la toile où déesse et cependant captive,
Tu souris d'être belle et ris à ta beauté,
Le soir tiède emplit l'air du bruit des sources vives
Dans le jardin qu'enivre un éternel Été.

Rien ne rompt la charmante et molle perspective
Qu'une aile en blanc essor sous le ciel enchanté,
Et tes yeux dont l'éclat mystérieux s'avive
Espèrent le héros porteur de liberté.

Mais te sachant vivante et telle que surgie
Au tableau qui retient ta parfaite effigie,
J'ai fait fleurir la chair de ton visage peint.

Et miracle émouvant dont s'éblouit ma fièvre,
J'ai senti, me liant à ton obscur destin,
Tes lèvres se déclore et frémir sous mes lèvres.

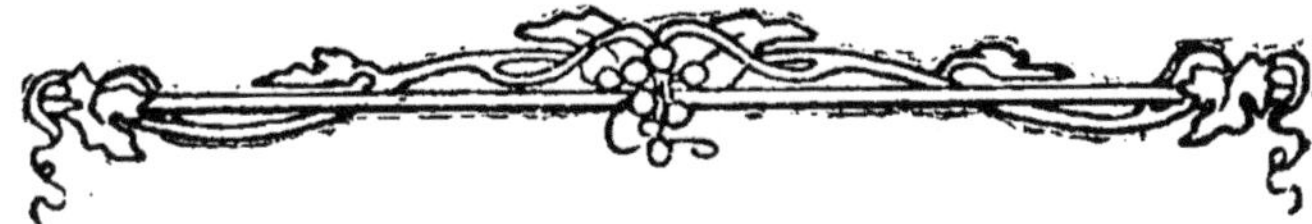

Je sais, en vous aimant, que d'autres ont connu
Votre cœur triste et doux et sa grâce inconstante ;
Je sais qu'ils ont longtemps, sous leurs lèvres, tenu,
Pur et double joyau, vos lèvres éclatantes...

Et qu'ils ont caressé vos seins ronds et menus
Que gonflait le plaisir ou la cruelle attente,
Qu'ils savent tout de vous et de votre corps nu,
Et votre volupté précise et haletante...

Et que vous les avez aimés, que votre chair
Garde leur souvenir étincelant et cher,
Que leur rêve a sculpté votre visage grave...

Mais qu'importe, pourvu que dans ma lâcheté,
Je revoie en vos yeux magnifiques d'esclave
L'Orient fabuleux qu'ils n'ont pas reflété.

Mon âme triste et mon corps las,
— Ah ! la tristesse de mon âme !
Et puis le vent d'hiver qui clame
Et le sommeil qui ne vient pas !

Et mes yeux qui n'ont plus de larmes,
Ma bouche amère et sans désir
Qui remâche ses souvenirs,
Et mon cœur qui tremble et s'alarme.

Va-t-il falloir mourir d'ennui ?
Nul espoir encor qui me leurre !
Une cloche a sonné trois heures
Comme à regret parmi la nuit !

Je n'ai gardé de toi que ce miroir ovale
D'une coquille exacte et d'un bois dédoré,
Mais qui retient encor, dans son onde augurale
Le souvenir nombreux d'un visage adoré.

Ton image, à jamais de toi même rivale,
S'y reflète, laissant sur tes yeux enivrés
S'apaiser le secret de tes paupières pâles
Ou nue en tes cheveux dénoués, à mon gré.

Car, sculpteur inspiré dont tu fus le modèle,
J'ai pu substituer à ta chair infidèle
Le songe impérissable où le temps s'abolit.

Et j'évoque, au miroir de l'heure passagère,
Libre du vain regret de ton ombre étrangère,
Ta bouche épanouie et promise à l'oubli.

A Sylvain Royé.

LES BARQUES

Les barques aux beaux noms ont déserté le port,
Et le soir, incliné vers l'eau qui le reflète,
S'enivrant du prestige où s'abolit son sort,
Mêle la rose sombre aux sombres violettes.

Mais ton rêve qu'exile en l'insensible azur
Le regret ébloui de l'heure taciturne,
Voit, avec le soleil, fuir le refuge sûr
Des navires perdus vers l'horizon nocturne.

Et ton désir s'émeut de ce ciel inconnu
Que les yeux des marins auraient seuls retenu
Au tranquille miroir de leurs froides prunelles,

Si l'aile d'un oiseau n'avait pas devancé,
Vers l'espoir qui fleurit les vagues éternelles,
L'essor parmi la nuit des vaisseaux dispersés...

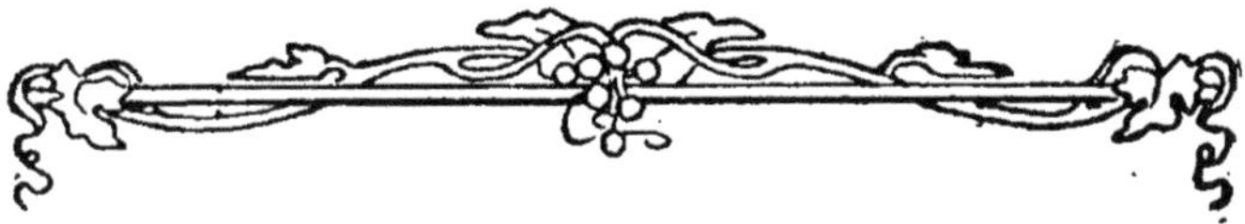

SONNET FUNÉRAIRE

Passant, ne trouble pas vainement le silence,
Car la mort a franchi le seuil de ma maison,
Et fauché, dans sa froide et rude violence,
Ma claire bien-aimée en sa jeune saison.

Elle qui fut pareille au lis droit qui s'élance,
Le sort n'a pas permis sa pleine floraison.
Elle est morte, ignorant le goût de la souffrance,
Et les flots léthéens bornent son horizon.

Si tu la plains d'entrer seule dans les ténèbres,
Offre-lui la pensée ou la rose funèbre,
Avant qu'elle descende, à regret, vers les Dieux

Qu'avaient rendus jaloux la flamme de nos yeux
Et voulaient qu'en ma voix par les pleurs étouffée,
Mon cœur brisé chantât sur la lyre d'Orphée.

Rien ! ni ce vieux jardin reflété par les yeux,
Ne retiendra ce cœur qui dans la mer se trempe.

STÉPHANE MALLARMÉ.

A ma mère.

Le vent est favorable et la voile tendue,
Et la barque par l'ancre encore retenue
Va bondir vers le double horizon, vert et bleu,
Promis à tout espoir et toujours vain. Adieu,
Mon enfance ! Le soir précise ton visage,
Et je me reconnais en toi, qui me présage
Par tes yeux une course aventureuse... Sort
Mystérieux et beau qu'illumine l'essor

Magnifique et captif du rayon blanc des phares
Que hantent les oiseaux que la lumière effare,
Je t'ai choisi... Voici mon cœur impérieux,
Voici mes mains, voici la clarté des mes yeux
Et voici toute ma jeunesse...
O mon enfance,
Tandis que le vaisseau vers mon destin s'élance,
Reste debout sur le rivage, et que ta voix
Transfigure le ciel inconnu que je vois
Dans le futur, où luit sur un lambeau de toile
Le signe répété qui décore ma voile...

TABLE DES POÈMES

TABLE DES POÈMES

La Forêt

Au gré des rêves et des jours

ACHEVÉ D'IMPRIMER

LE DIX MAI MCMXIII

PAR

CHARLES COLIN

A MAYENNE

POUR

MM. G. CRÈS ET Cie

MAYENNE, IMPRIMERIE CHARLES COLIN

Prix : 3 fr. 50

www.ingramcontent.com/pod-product-compliance
Ingram Content Group UK Ltd.
Pitfield, Milton Keynes, MK11 3LW, UK
UKHW021103260726
13994UKWH00002B/674